이 이야기를
할아버지 토머스 헌터와
할머니 넬리 헌터에게 바칩니다.

오늘은 유령으로서 임무를 맡게 된 첫날이에요.
내가 뭘 해야 하는지 동료들이 하는 걸 보고 배우라고 하네요.

동료들처럼 빠르고
우아하게 날기란
아직 내게 무리예요.

한참을 뒤처져 따라가는데
나무 밑을 지나가는
어려운 코스까지 나왔어요.

동료들을 따라잡으려면
나무를 돌면서 내려갈 게 아니라
기둥 사이를 곧장 가로질러야
할 거 같아요.

하지만 내 실력으로는
어림도 없었어요.
밑동에 걸리고 말았지 뭐예요.

그 사이 동료들은
둥근 지붕 건물 너머로
점차 사라졌습니다.

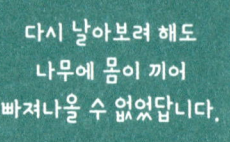
다시 날아보려 해도 나무에 몸이 끼어 빠져나올 수 없었답니다.

아등바등 겨우 몸을 빼냈지만, 이런! 그 사람 앞에 뚝 떨어지고 말았네요.

우려와는 다르게 그의 목소리는 부드러웠어요. 내가 나무에 걸리는 모습을 봤고, 걱정돼서 나왔대요.

저 천체망원경만 있으면 아주 멀리 있어도 가깝게 볼 수 있다더군요.

그는 나를 일으키더니 자기 천문대로 가서 좀 쉬라고 권했어요.

하늘을 올려다봤지만 동료들은 한 명도 보이지 않았습니다.

그들이 이 만남을 달가워할지 모르겠네요.

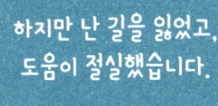

하지만 난 길을 잃었고, 도움이 절실했습니다.

그는 천체망원경으로 별을 관측하고 연구하는 일을 한다고 했어요. 밤새도록요. 해가 뜨면 잠을 자고요. 그러다 오늘 나와 내 동료들이 날아가는 모습을 본 거예요. 그는 언젠가 새로운 별을 발견하고, 그 탄생 과정을 밝혀내는 게 꿈이라고 했습니다.

나도 내 상황을 솔직하게 고백했어요. 내게도 해야 할 임무가 있는데, 그게 무엇인지 도통 모르겠으며, 그걸 알려면 동료들이 하는 일을 봐야 한다고요. 그는 사람들 앞에 나타나 놀래키는 일이 아니냐고 했지만, 내 임무는 그것보다 훨씬 더 의미 있는 일이라고 확신합니다. 그는 친절하게도 나를 도와주고 싶고, 장비도 빌려주겠다고 했죠. 하지만 낮에 돌아다니려면 옷을 입어야 한다고 단호히 말했습니다.

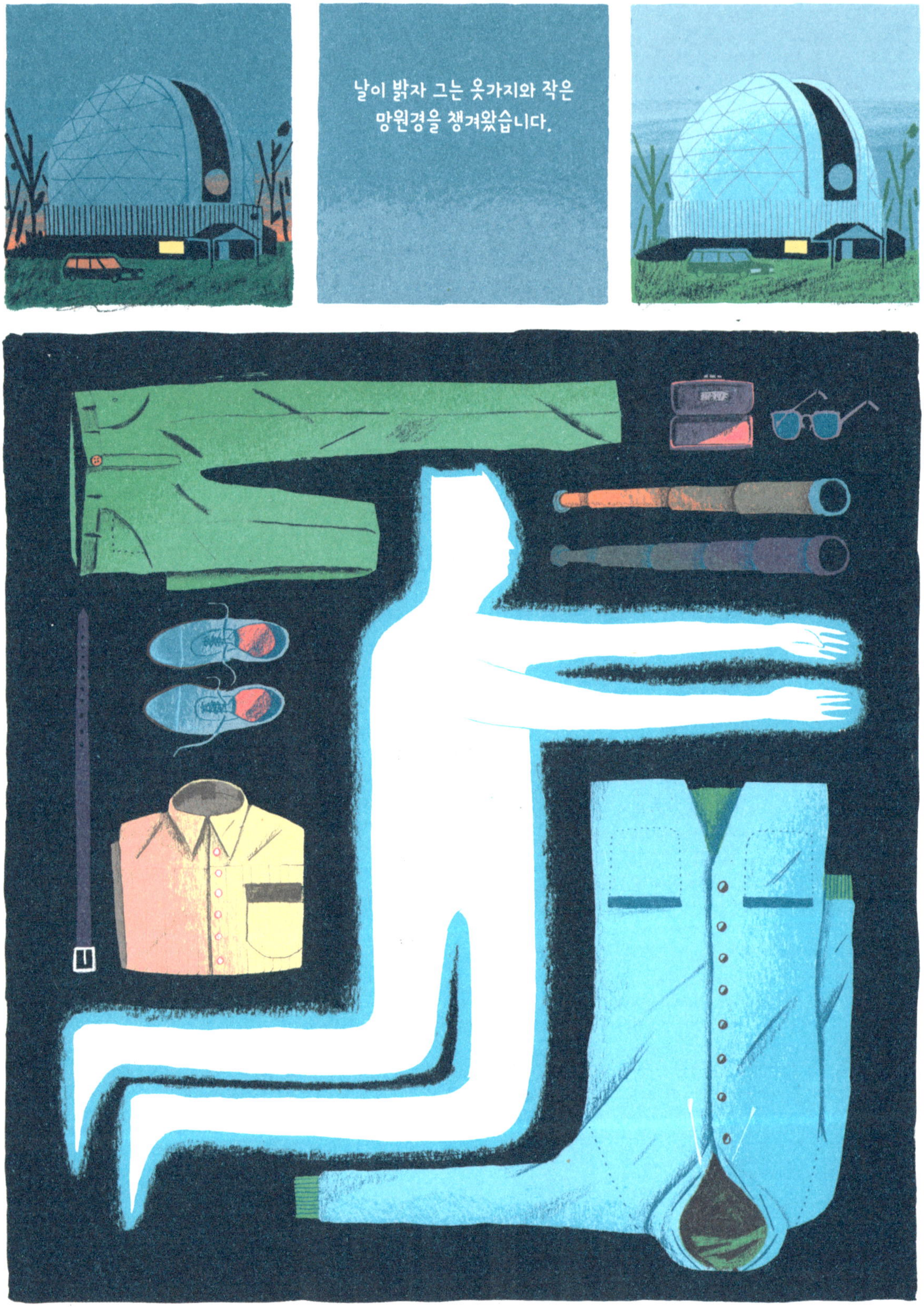

날이 밝자 그는 옷가지와 작은 망원경을 챙겨왔습니다.

우리는 시내부터 찾아보기로 했어요.

그는 자기가 좋아하는 장소들을 보여줬지요.

초조한 마음이 들기 시작했을 때, 그가 하늘을 가리켰어요.

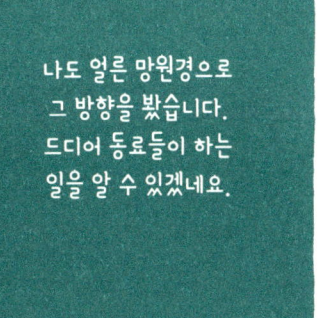

나도 얼른 망원경으로 그 방향을 봤습니다. 드디어 동료들이 하는 일을 알 수 있겠네요.

  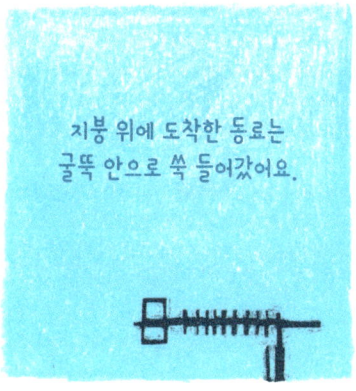

지붕 위에 도착한 동료는 굴뚝 안으로 쑥 들어갔어요.

움직임이 어찌나 은밀하고 날쌔던지.

열린 창문으로 바이올린 소리가 희미하게 새어 나왔는데,

동료는 그 소리에 이끌린 거 같아요.

바이올린을 연주하는 이 여자에게로 말이에요.

동료가 바이올린을 켜니 음악이 갑자기 열정적으로 변했어요. 여자는 홀린 듯 밖으로 따라 나왔고, 둘은 함께 연주하기 시작했지요.

일단 그를 쫓아가기로 마음먹었습니다.

말하고 싶었거든요. 나는 그에게 위험하지 않다고.

타이어 자국은 숲을 지나 익숙한 건물 앞에서 멈췄어요.

그런데 남자도 자동차도 보이지 않네요. 나는 건물 안으로 들어갔습니다.

천체망원경을 이용해 남자를 찾으려 했지요.

남자가 준 안경을 쓰고 가려고요.

그래야 나를 알아볼 수 있겠지요?

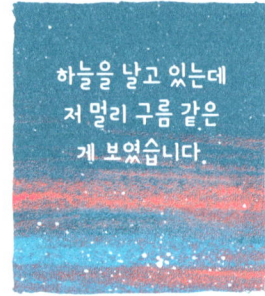
하늘을 날고 있는데 저 멀리 구름 같은 게 보였습니다.

그런데 움직임이 심상치 않네요.

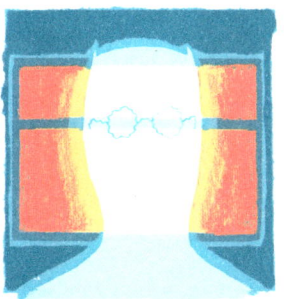

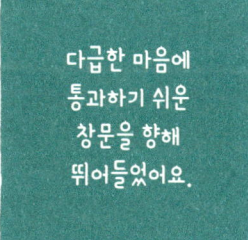

다급한 마음에 통과하기 쉬운 창문을 향해 뛰어들었어요.

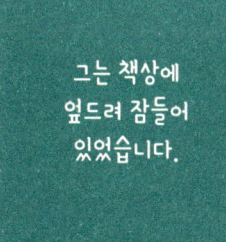

그는 책상에 엎드려 잠들어 있었습니다.

그가 눈을 떴습니다.
나는 그가 말할 틈도
주지 않고
걱정말라고
안심시켰습니다.

그리고 내가 본 별
이야기를 했어요. 나도
별을 연구하고 싶다고도요.
그는 흐뭇해하며 내
말에 귀를 기울였지요.

그런데 창문을
통과할 때 떨어뜨린
안경 때문에 동료들이
나를 찾아냈어요.

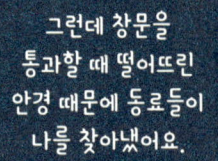

나 때문에 그가
위험해진 거예요.
나는 그에게 용서를
구했어요.

오히려 그는 함께 일하자고 제안했어요. 같이 별의 탄생을 연구하자고요. 나는 기쁘게 받아들였습니다.

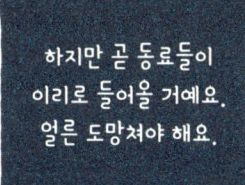

하지만 곧 동료들이 이리로 들어올 거예요. 얼른 도망쳐야 해요.

그는 함께 일하는 첫날을 축하하기 위해 선물을 주었어요.

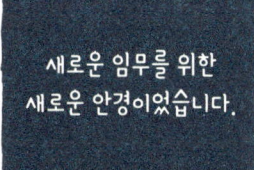

새로운 임무를 위한 새로운 안경이었습니다.

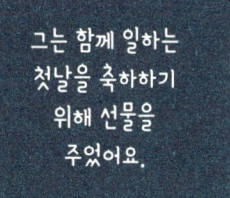

나는 그의 신뢰에
감동했어요.
그를 도울 수 있다면
뭐든지 할 거예요.

가슴이 벅차고
자신감이 솟아올랐어요.
나는 '우리가 약속한
방향'으로 도망치기로
마음먹었어요.

무슨 일이 일어난 거죠? 그가 사라져버렸어요. 그 대신 내 눈앞에는 두 개의 별이 빛나고 있었습니다.

가까이 다가가 보니 별은 미소 짓고 있는 그의 얼굴이었어요.

또 다른 별은 바이올린을 연주하던 여자의 얼굴이었고요.

동료들은 내가 임무를 아주 훌륭히 해냈다고 축하해주었습니다.

새로운 별을 발견하다!
'토머스'와 '넬리'

지난밤 우리 마을의 한 주민이 새로운 별을 두 개나 발견했다. '토머스'와 '넬리'로 부르게 된 이 별들은 각종 천체 목록에 공식적으로 등록될 예정이다.

어머니, 아버지, 리처드, 엘리자베스,
그리고 알렉스와 샘에게 감사의 뜻을 전합니다.

새내기 유령
지은이 로버트 헌터 et 옮긴이 맹슬기
디자인 장민아
감　수 권예리
편　집 박새암
제작감독 박진철
수호천사 아들이, 박정환
기　획 해바라기 프로젝트

잉　크 한국특수잉크공업
인　쇄 상지사P&B
종　이 두성종이

첫판 1쇄 펴낸날 2016년 08월 15일
　　 6쇄 펴낸날 2022년 07월 14일

펴낸곳 에디시옹 장물랭 | 펴낸이 이하규 | 등록번호 제 2010-000097호 | 등록일자 2010년 7월 6일
주소 서울시 영등포구 선유로9길 31, 3-602 | 전화 070-7516-6854 | E-MAIL aryujea@naver.com
ISBN 979-11-88438-10-5 47840

The New Ghost
Copyright © Robert Hunter, 2011
Korean Translation copyright © Editions Jean Moulin, 2016
All right reserved.

이 책의 한국어판 저작권은 로버트 헌터 작가님과 직접 계약한 에디시옹 장물랭에 있습니다.
저작권법에 따라 한국 내에서 보호를 받는 저작물이므로 무단 복제와 전재를 금합니다.

이 도서의 국립중앙도서관 출판예정도서목록(CIP)은 서지정보유통지원시스템 홈페이지(http://seoji.nl.go.kr)와 국가자료공동목록
시스템(http://www.nl.go.kr/kolisnet)에서 이용하실 수 있습니다. (CIP제어번호 : CIP2018013005)